JN089157

心の中から希望が切り離されないように

藤井克徳 詩集

合同出版

戦争は悪い
抑圧や差別は悪い
愚かな政治は悪い
もっと悪いのはそれらに慣れること

目次

子どものみなさんへ ―――― 151

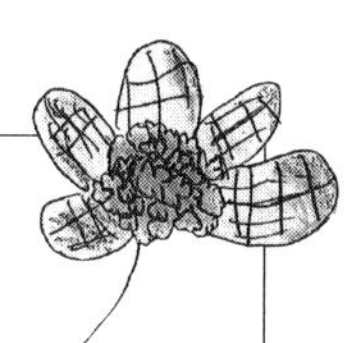

ようこそ◎ページを開く前に

「詩はどんなふうに書いてもいい」というフレーズが、ずっと記憶中枢にこびりついていました。高校生の頃の話です。このフレーズが再び頭をもたげたのは、ウクライナへのロシアの侵攻がきっかけでした。「市民の一人として、何かできることはないか」が、一編の詩につながりました。詩を編むというより、心が文字に転化したというのが実感です。

その一編の詩が、次の詩を誘い出してくれました。そして、次の詩へ、次の詩へとつながりました。詩としての出来栄えは別として、自身の幾重もの考えや気持ちがそれなりに表出されていると言っていいと思います。気が付けば、ある程度の点数になっていました。

初の詩集づくりにあたり、二つ心掛けたことがあります。

一つは、既存の詩集と言われるものに触れなかったことです。「詩はどんなふうに書いてもいい」に意を強くし、「自分流」に挑んだことです。

もう一つは、辞書を引かなかったことです。自分の手の届く範囲の語彙（ごい）や言霊（ことだま）で書き表すこととしました。それは、わかりやすさにつながると考えたからです。

どこから読んでもらっても結構です。解釈は自由であり、肯定するのも否定するのも、もちろん保留するのも自由です。みなさんの暮らし方や物事の見方を深めるうえで、また周囲の人との交わりやコミュニケーションを図るうえでも、手ごろな素材になろうかと思います。気楽にページを開いてみてください。

２０２４年４月　　藤井克徳

戦争をまのあたりにして

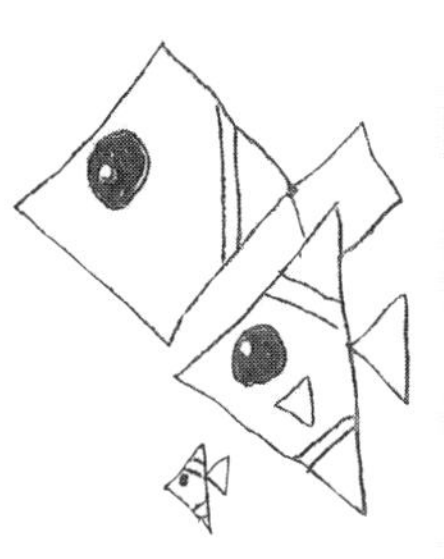

連帯と祈り――ウクライナの障害のある同胞(はらから)へ

戦争は　障害者を邪魔ものにする
戦争は　障害者を置き去りにする
戦争は　優生思想をかきたてる
大量の障害者をつくり出す最大の悪　それが戦争

朝一番のニュースを恐る恐る
キエフへの包囲網がまた狭まった
教会も文化財も悲鳴を上げて崩れ落ちる
禁じ手が反故(はご)にされ原子力発電所から火の手

殺し合いでなく話し合いを

侵攻でなく停戦を
停戦でなく平和を
青い空と黄色の豊作に似合うのは平和

私たちは祈ります
西北西の方角をじっとみつめながら
心の中から希望が切り離されないように
とにかく生き延びてほしい

戦争は　障害をたちどころに重くする
戦争は　障害者の尊厳を軽々と奪い去る
戦争は　障害者の明日を真っ黒に塗りたくる
早いうちに　否　この瞬間に終わらせなければ

もう一度くり返す
とにかく生き延びてほしい
たとえ　食べ物を盗んでも
たとえ　敵兵に救いを乞うてでも
遠い遠い　でも魂はすぐ傍(そば)の日本より

中東の夢

またぞろ起きてしまった
起きてしまったのではなく　起こしてしまったんだ
どちらのリーダーも　すべてをわかっていたはず
いったん起きたらどうなるかを
おびただしい犠牲者が出ることを

戦禍報道で蘇（よみがえ）るものがある
それは反戦歌の響き
半世紀以上も前の曲が口をつく
「死んだ男の残したものは……」*と
歌詞の一言一句が　悲しいまでに今に通じる

性懲りもなく始まるなじり合い
ごね得の応酬で国連機能は衰弱するばかり
逃げ惑うのは無辜の市民　犠牲者の大半は子ども　障害者　高齢者
そして女性
登場人物は　いかめしい顔の男　屈強な男
人間社会は一体何をしてきたのだろう

相変わらずの陳腐な言いぐさ
「これは聖戦だ」
「原因は相手国にある」
「報復はわれわれの権利だ」
「わが犠牲者は神の元に」

この時期の正解はただ一つ　それは停戦

戦争当事国は無条件かつただちに攻撃をやめること
停戦と同時に和平への備え
和平会議が似合うのは　やはり国連本部
和平会議には　子ども　障害者　高齢者　女性を

テロのない
貧しさのない
憎しみのない
そんな「中東の夢」が訪れてほしい
いつの日にか　石油を凌駕（りょうが）するくらい中東特産の平和が
世界の国々に輸出されるように

＊「死んだ男の残したものは」：１９６５年ベトナム戦争に反対する市民集会のためにつくられた歌。作詞谷川俊太郎、作曲武満徹。

市民と戦争

肝っ玉母さんが　オロオロ
息子よ　今どこに
もう一か月以上も沙汰が無いじゃないか
外国に行くと言っていたけど　まさか、戦地にいるんじゃないだろうね
約束しておくれ　明日こそ電話をくれるって

貧しい俺たちにとって、手っ取り早い稼ぎ口だった
チームゲームでもやりにいく気分で、国境を越えたのさ
前線に到着すると「犬でもネコでも、動くものは何でも狙え」とガンガン命令が
一発目は指が震えた　二発目からは何も感じなくなった
「貧しさが引き金を引かせたんだ」

気持ちの悪い汗といっしょに、言い訳が湧いてきた
でも、母さんを楽にするにはこれしかなかったのさ

田舎の小学校でも戦争が語られる
「今度の戦争にはたくさんのお金がかかります」
教室がざわめき始める
「そのお金、誰が払うんですか」
先生は一瞬目を伏せた　そして静かに言った
「あなたたちです　長い時間をかけて」
子どもたちは口々に
「おかしいよ　戦争を決めたのは大人じゃないか」
いつの間にかランドセルに　借用書の束

連日の戦況は、まるで白黒画像

爆弾は、形だけでなく色彩までもこなごなにする
無惨なガレキは、小さな市民の砕かれた心と暮らし
声高(こわだか)の戦果報道に　真実は掻き消される
小さな市民は知っている　最大の犠牲者は自分たちだということを
小さな市民は知っている　正義の戦争などあろうはずがないことを

無力じゃない

ゆったりと世界を見まわる太陽が　いつにない早口で
私を呼び止めた
「何かできるでしょう」

ハッとする
遠いよその国のことだからと
何もできないと決め込んでいた
あわてて指を折る
いっぱいあるじゃないか　やれることが
想像力を働かせること

自身や愛する人がウクライナの大地に在るとしたら
きっと脳裏に浮かぶはず
ミサイル攻撃の間を　逃げ惑う人びと
ガレキのすき間から母を呼ぶ幼子の泣き声

本当のことを見きわめること
毎日のように情報が上書きされる
情報の源には少しばかり神経質に
大切なのは自分で嗅ぎ分けること
事実だけでなく　真実を

思いを言葉にすること
言葉に出すことで共感が近づいてくる
悲惨さや理不尽さを語るのも連帯の証

つぶやきは行動の源泉
国際ＮＧＯを通せば　募金だって　メッセージだって託せる

第二次世界大戦が終わってからのことだ
殺し合いをくぐり抜けてきた人たちは　若者に告げた
「あの戦争に君たちの責任はない　でも繰り返してはならない責任がある」
あっけなく砕かれてしまった平和への願い
それでも　あきらめてはならない

「あきらめない」には裏打ちが必要
それは気づく力
戦争が　どんなに恐ろしいことか
戦争が　どんなに愚かなことか

戦争に　真の勝者がいないことを

私たちは　無力じゃない

どんなに隔たっていても　無力じゃない

相手がだれであろうと　無力じゃない

「無力じゃない」の塊が　あちこちで国境を越え始めている

少しずつ大きくなりながら

製鉄所*のつぶやき

自分で言うのもなんだけれど　ひたすら人間社会に尽くしてきた
昼も夜もなく　灼熱の溶鉱炉で　鉄鉱石を溶かしてきた

それなのに　どうしてあんな仕打ちを
愛(いと)おしい鉄たちが　砲弾となって私に襲いかかってきた

「恩を仇(あだ)で返すなんて」と思った　悔しく情けない
ため息をつきながら自問した「鉄を造った私が悪いのか」

それを押しのけるようにして　もう一つの声が聞こえてくる
「そうじゃないさ」

農具も工具も　食器も楽器も　タワーも蒸気機関車も　鉄があったから
みんなに喜ばれ　アッという間に世界中に広がった

鉄が悪いんじゃない
兵器にしてしまったのは人間だ

いまの私には立っているのが精いっぱい　文字通りの満身創痍（まんしんそうい）
でも　失っていない　希望だって　誇りだって　継がれてきた技だって

私は人間が大好き
早く力になりたい　病院や学校　鉄道や鉄橋　工場や劇場の再建に

これだけは人間に言っておきたい
鉄の銃弾が少女の胸を射抜くのは耐えられない

鋼鉄の戦車がヒマワリ畑を踏みつぶすのは許せない

私は　これ以上人間を殺す道具になりたくない

＊製鉄所：ロシア軍の砲撃により、マリウポリにあるアゾフスターリ製鉄所など「産業の米」といわれる製鉄所が、次々と破壊されている。

希望のヴェセルカ*

やめましょう
何ひとつ　いいことがないから
誰ひとり　笑顔になれないから

捨てましょう
持っている　武器という武器を
操られた　自分でない自分を

浮かべましょう
母さんの　日焼けしたやさしい顔を
父を待つ子らの　屈託（くったく）のないまなこを

戻しましょう
サイレンの響き渡ることのない　青く澄んだ空を
ヒマワリが咲き誇る　戦火のない大地を

つぶやきましょう
「やっぱりおかしい　人を殺（あや）めるなんて」
「射ちたくない　あいつにも家族がいるはずだ」

祈りましょう
夜空にまたひとつ　いのちの星影
明日に架かる　希望のヴェセルカ

＊ヴェセルカ：ウクライナ語で虹。

ふと思うこと

夢から覚めて思うこと
チャンネルがあればいいいな　愉快なシーンだけ観られるのに

朝一番のニュースに思うこと
穏やかなニュースだけであってほしい

ミサイル発射に思うこと
天空でキャッチできる　特大の漁網（ぎょもう）がないかな

戦地からの遺体の報道に思うこと
一番恐ろしいのは　自分の中の慣れ

殺人鬼に思うこと
赤ちゃんの頃があったのかな

夕暮れマンションの彩りカーテンに思うこと
のどか色のパッチワーク　世界もこんな風につながればいいのに

今日の終わりに祈ること
朝　目覚めた時　心の中に希望が生まれているといいな

待ったなし

奪われて初めてハッとさせられること
それは平和
いったん手放すと簡単には取り戻せないもの
それは平和
だから　平和が奪われたときをイメージできる力が大事
だから　平和を求め続けることが大事

平和が脅かされるとき
ニュースの登場人物が男だけになる
独裁者の輪郭がはっきりしてくる
政府の国際会議への参加が極端に減る

ひそひそ話が多くなる
映画館や居酒屋から人びとが遠ざかる
やたらと溜息が多くなる

平和な社会とは
誰もが自由を削がれない
マーケットの食料品がにぎやかになり
人びとの間にギスギス感が少なくなる
メディアは嘘をつかなくてもよくなり
子どものはしゃぎ声がそこかしこから

平和の反対は戦争
平和の反対は惨たらしさ
平和の反対は「まさか」

平和の反対は「まだ大丈夫」
平和の反対はあきらめ
平和の反対は無関心

地球規模の課題が山積みの今
戦争などしている場合でない
平和への模索は　難問に向き合う最高の予行演習
耳を澄ませば　地球のきしむ音
もう待ったなし

動物国連総会

アフリカで　もう一つの国連総会が始まりました
議場は、見渡す限りの平原　ギラギラ太陽が会場を照らします
参加者は思い思いの格好で参加しています
寝そべったり　腰をおろしたり　木々の上にも　川に浸かっているものもいます
バッファローが　おもむろに議長席へつきました
動物国連総会のはじまりです

議長は　咳払い(せき)をしながら切り出しました
「人間の戦争は終わりそうにない　放っておくわけにはいかない　なにか知恵がないか」
少し肩を落として　こう加えました
「心を澄ましてごらん　命のきしむ音が聞こえる」

そして　語気を強めて言いました
「これから3日間、自由に考えあってほしい」

しずかだったサバンナが　にわかに活気づきます
ライオンが「今日は襲わないからな」と前置きして　シマウマに語りかけました
「人と人が殺し合うなんて　愚かとしかいいようがない」

ゾウが長い鼻を立てて
「僕たち動物は、生まれてから一度も武器を使ったことはない」
イボイノシシが鼻を鳴らして
「今度の戦争の登場人物は男ばかり　あれじゃだめだわね」
カバが河の中から小さな目を大きくして
「口先では平和が大切と言いながら　なに一つ考えつかないのかもね」
ゴリラの兄弟が木の上と下から

「武器を売る奴らには　平和がつづくと困るんだろうよ！」

たちまち3日間が終わろうとしています
議長の指名で、ダチョウが走り出します
なびく旗には　「意見は明日の朝までに」

翌朝、ギラギラの太陽が昇りはじめました
コツン　こつん、コツン　こつん　木槌（きづち）の音が平原に響きわたります
バッファロー議長は凛（りん）とした声で宣言しました
「人間に3つのことを届けたい」

一つ　ただちに武器を捨てること
二つ　武器を捨てた国を攻撃してはならないこと
三つ　これからは声なき声　すべての生きものの意見を聞くこと

拍手喝采　満場一致
議長はハゲタカに言い渡しました　「ただちに人間社会に届けるように」
「了解」
ハゲタカは「人間殿」という特別決議の入った袋を首にかけ　平原の彼方(かなた)へ

動物たちは満足げな顔です
手をふりながら　シッポをふりながら　それぞれのすみかに
キリンの頭が　地平線から消えました
みんなを見送ったバッファローはいつもの咳払いを一つ　そしてこうつぶやきました

〝人間よ　人間を敬いたまえ〟*

*〝人間よ　人間を敬いたまえ〟：ナチス・ドイツによる安楽死プログラム「T4作戦」（81ページ参照）の舞台となったドイツ中西部の町ハダマーの殺戮施設（現在は記念資料館）の裏庭にある追悼碑に刻まれた一文。

愚の骨頂

戦争は　人間を人間でなくしてしまう
戦争は　殺せば殺すほどほめられる
戦争は　癒えることのない傷を残す
戦争は　生涯にわたり悪夢を背負わす

戦争は　独裁者をより独裁者にする
戦争は　１００年も１５０年も恨みを残す
戦争は　国予算をいびつにする
戦争は　食料やエネルギーの需給バランスを壊す
戦争は　日常から希望と自由をさらっていく

戦争は　文化や芸術を蹴散らす
戦争は　彩りやにぎわいに泥水を浴びせる
戦争は　人生のスケジュール表を台無しにする

戦争は　屈強な男の値打ちを異常に吊り上げる
戦争は　生きづらい人にあきらめを突き付ける
戦争は　家族や恋人を引き裂く
戦争は　子どもの心をどす黒くする

戦争は　大地や生き物を打ちのめす
戦争は　兵器開発の実験場となる
戦争は　遺体を物体にしてしまう
戦争は　いったん始まると終わらない

独りの幻想から始まった戦争
取り返しのつかない愚の骨頂

人権は生きる力

訣別（けつべつ）

ひんやりとしたお役所に溶け込んでいる言葉がある
それは「当時は合法だった」
どれくらいの人が　生き方をねじ曲げられたのだろう
どれくらいの人が　言い返せないままの人生を強いられたのだろう

合法ってなんだろう
門前払いしたい時の　もう一人のガードマン
過去の悪事を覆う　魔法の煙幕（えんまく）
正面から説明できない時の　マジックワード

「合法」の言葉を振りかざす人は　みんなそっくり

威張っている
なにかを隠そうとしている
上から言われたとおりに振舞っている

合法は　独裁者の常套句だった
「どこがおかしい　やっていることはすべて合法だ」
「私は、合法的に選ばれたんだ」
あのヒトラーもそう叫んでいた

優生手術もそうだった*
わけのわからないうちに　メスを入れられ
身体を押さえつけられ　麻酔を打たれ　だまされもした
命のバトンを壊しておいて　「当時は合法だった」と

ハンセン病の隔離政策も
水俣湾での水銀のたれ流しも
原爆症の認定の狭さも
やはり「当時は合法だった」

いい加減に　この呪文から訣別しなければ
個人の上に居座る合法なんて　もうたくさん
いい加減に　この呪文から訣別しなければ
〝ありのままでいい〟の社会をたぐり寄せるためにも

*障害のある人たちを「不良」と決めつけた優生保護法は、1948年から1996年までの約半世紀にわたり、障害のある人びとの人権を踏みにじってきた。優生手術（強制不妊手術）をされた者は2万5千人、本人同意のないまま人工妊娠中絶の手術をされた者は5万9千人に上った。

ボクのこと　わすれないで

やっぱり悲しかった
正直言うと　ちょっぴり希望を持っていたんだ
裁判所に期待をかけていたのさ
だって　裁判所は公平なところって聞いていたから

最高裁の判決は　天国にも聞こえてきたよ
希望はいっぺんに萎(しぼ)んでしまった
冷たく　そっけなかった
もう少し　きちんと調べてもらえると思ったのに

裁判官は　障害のあるボクたちのことをどれだけわかっているのだろう
警察官や検察官とは違うと思っていたのに
やっぱりなんにもわかっていなかったんだ

裁判は終わった
わけのわからないまま終わってしまった
警察官が叱られることはなく
国が責任を問われることもなくなった

これで全部おしまいになってしまうのか
そんなのおかしいと思う
だって　ボクの命のこと*は何にも解決していないじゃないか
裁判は終わったけれど　ボクの命のことは終わっていない

もう少し言わせてもらうよ
警察官や裁判官は　もっと勉強してほしい
マスコミの人も　ボクたちともっと向き合ってほしい
簡単だよ　障害のある人と友だちになることさ

そうそう　気になっていることがある
あの日のリュックに　グローブとボールが入っていたはず
野球の好きな子どもたちにあげてほしい
ひしゃげた自転車は修理して　父さんに乗ってほしい

夜空にボクがいることに気づいてくれたかな
〝健太星(ぼし)〟が生まれたんだ
チカチカしているのはボクのウインクさ

みつけたときは、手を振ってほしいんだ

ボクのことをわすれないでね

＊安永健太事件：２００７年９月、知的障害の安永健太さん（当時25歳）が、５人の警察官に路上で取り押さえられ、直後に死亡した事件。警察官の障害者への無理解があらわになった。警察官は罪に問われたが最高裁で無罪が確定。今でも全国の障害のある人や家族は、事件の再発を恐れている。

もっと生きたかった

明けない夜になってしまった
あの日からなんにも聴こえない
木々のあいだからの　小鳥たちの「おはよう」も
新聞配達の　バイクのうなりも
厨房からの　ザワザワした響きも
どこかワクワクの朝は　もう来ない

なぜあんなことに
一人の男の　ゆがんだ考え*で
ゆったりとした暮らしが　壊されてしまった
キラキラの命が　消されてしまった

ゆがんでいたのは　男だけじゃない
社会のゆがみが　男を後押し

そこにいるだけで　大きな役割
ごまかす人を　見破る名人
競争社会への　イエローカード役
やり残したことは　まだまだいっぱい
もっと生きたかった
夜明けをみるまで

＊一人の男のゆがんだ考え：2016年7月、神奈川県立の知的障害者福祉施設「津久井やまゆり園」の元職員であった植松聖が、「障害者は不幸を作ることしかできません」として、入所者19人を刺殺、入所者・職員計26人に重軽傷を負わせた事件。

裁判官

先輩やお偉方（えらがた）の影がチラついてならない
身を立てようとする邪（よこしま）が　そんな心持ちにさせるのか
もともと　こんな性分（しょうぶん）じゃなかったのに
自分から自分が抜けてしまったのか

気が付いたら　横並びを好んでいた
同業者の判断が気になって仕方がない
同業者もこっちをみている
仲間内のあいだで「無難」という響きが親和性を帯びてくる
世間体も気にするようになった

潜望鏡でぐるりと見まわすようにして
世の中の雰囲気を探る
結局は　声の大きい方に傾くようになっていた

ある日のこと　ハッとした
「お金はいりません　元の体に戻してください」
原告の透き通った訴えにわれに返る
染まることのない黒法衣（くろほうえ）に似合うのはゆるぎない正義

恥をかかせないで

2006年12月13日　それはわたしの誕生日
生まれたところは　ニューヨークの国連議場だった
ようやくあこがれの日本にたどりついた
思わず小さなガッツポーズをつくった

わたしをどんなふうに迎え入れてくれるのか　楽しみだ
日本の憲法は　条約を守るとうたっている
一般の法律の上座に座れるらしい
すごい力持ちになれそうだ

正直いうと上座なんかどうでもいい　いばりたくもない

とにかく思いっきり働かせてほしい
そうすれば変わるにちがいない
障害のある人のくらしぶりが　社会の土台が　人の心だって

わたしは夢をみるのが大好き
ガラガラと障壁がくずれていく
空気がぬけるように差別がちぢんでいく
まち全体が笑い始める　そしてゆったりとしてくる

夢からさめたとたんに不安がにじり寄ってきた
日本は条約を軽くみると言われている
守られていない人権条約は今もいっぱい
いっぱいの中の一つになってしまうのか

わたしは負けない
たくさんの「がんばって！」のつぶやきが聴こえるから
わたし自身が自信を失いたくないから
日本のみなさん　わたしに恥をかかせないで
障害者権利条約に恥をかかせないで

人権の独りごと

私が世間に知られるようになったのはいつごろから
本当は、人類の誕生といっしょだったはず
まともに相手にされるようになったのは最近のこと
私って何ものだろう
空気のようなものかもしれない
普段は気にならないが、いざ変質したら一大事

私と空気はどこがちがうんだろう
空気は自然からの恵みもの
人権は人びとのたゆまぬ努力で創り上げられてきたもの

私が脅(おびや)かされるとどうなるだろう
いのちが酸欠になる感じ
希望の輪郭が蝕(むしば)まれていく感じ

私が人びとと仲良くなるとどうなるのだろう
家庭、学校、職場、まち全体が明るくみえてくる
明日が　たまらなく待ち遠しくなる

私が映(は)えるのは
自分のことを自分で決められるのが　あたりまえになる時代
抑圧も戦争もない社会

私を勇気づけてくれるのは
歴史に耐えてきた重石より重い人権の規範

ひるむことのないしなやかな市民運動

もっと知ってほしい　私のことを
もっと大切にしてほしい　私のことを
もっと働きたい　私も

人口減少

人口減少が　予想を超えて早まっている
山も川も海も変わらないのに、国土全体が縮んでいくような気分
人口増加しか体験してこなかった私たちの社会
それが一転
先細りの袋小路（ふくろこうじ）に入っていくような心持ち

別のとらえ方もある
少ない人口で上手く廻っている国がいくつもある
北欧の国々は小さなサイズだが
それでも　幸福度はけた違いに高い
悲観することはない　人口減少は適正規模に向かうよい兆候

どちらの主張が正しいのか
どちらも誤りとは言えない
というより　自身の中に相矛盾した気持ちが交錯する
避けがたいさみしさと
現実の中の新たな社会像探しと

新しい社会像を描くには　原因を曖昧にしてはならない
問題はなぜ出生数が減ったかだ
子育てに自信がないから　経済負担が大きいから
そうかもしれない
でも　それらが事の本質ではない
このレベルで思考が止ると　またぞろ目先の対症療法が幅を利かせる
当座の対応のすべてをムダだと言っているのではない

本手（ほんて）*をわきまえた上での当座の対応と　そうでないのとでは結果がちがうはず
社会のあり方を根っこから問うのが本手
国全体にとどろき渡るような本手をビシッと
未来たちに言わせようではないか　「あの時の一手が今に効いている」と

＊本手：囲碁、将棋の用語。急所を突いた本筋の手。逆に急所を外れたその場の間に合わせの手はウソ手。

障害と社会

障害って何だろう
手や足にマヒがあること
目が見えないこと
耳が聞こえないこと
知的に遅れがあること
精神面のバランスを崩していること
コミュニケーションがうまく取れないこと
生活に支障が出るほど忘れっぽくなること
治療法のみつからない病気にかかること

ひと昔まえまでは　障害の説明はこれらで尽きていた

今は違う　障害のとらえ方が進化している

同じ目が見えない状態でも　障害の感じ方はそれぞれ
音の出るパソコンがあれば　情報の出入力は楽になる
移動をサポートしてくれれば　どこへでも行ける
障害は　その人をとりまく環境との関係でつくり出される
個々の置かれている環境により　障害は重くもなれば軽くもなる

環境とは
人の態度とさまざまな障壁を指す
障壁には物理的なバリアだけでなく　制度や情報のバリアも含まれる
環境を社会と置き換えてもいい
そうみていくと　障害は社会と深い関係にある

今一度障害について考える
個人に着目してとらえなければならないこと
社会との関係でとらえなければならないこと
個人に備わる機能障害は　簡単には解消されない
でも、社会に潜む障害の大半は　社会の力で解消できる

このような考え方を深めていくと
障害のある人の呼称にも新たな着想が
障害のある人のことは　「障壁のある人」
障害の重い人のことは　「ニーズの多い人」
一人ひとりへの支援の大切さは言うまでもない
同時に　社会を変えることも大切

ところで　「障害のある人」　とはどういう層を指すのか

限られた層なのか　そうではないのか

答えは「そうではない」である
仮にこの瞬間は障害が無いにしても
人生を終える時は誰もが障害状態をくぐる
障害状態の期間が何十年という人もいれば
数日間　あるいはもっと短い場合もあろう

人びとは　二つの群のどちらかに属することになる
一つはすでに障害者、もう一つはこれから障害者
いずれにしてもみんな障害者

障害のテーマは　有史以来の懸案である
先送りの連続だった

ついに国連が動き出した　そして言い放った

〝障害者をしめ出す社会は弱くもろい〟

当事者も言い放った

〝Nothing About Us Without Us（私たち抜きに私たちのことを決めないで）〟

まんざらでもない

リハビリテーション*
ノーマライゼーション
QOL*
なるほど　目からうろこ
うまい言葉を見つけてきたものだ

バリアフリー
リフトカー
パーソナルアシスタンス*
どことなく　安心感がただよう
希望の輪郭がみえてきた

ユニバーサルデザイン
インクルージョン
ディーセントワーク*
聴こえてきそう　新たな時代の足音が
世界はやっぱりすごい

ここまで来ると　期待したくなる
つぎはどんなキーワードが出てくるのか
思わず　ポンと膝頭を打ちたくなるような
心が躍る(おど)ような言葉が生み出されるに違いない
もうそこまで来ているのかも

ひるがえって　これぞという言葉
カタカナでない言葉で何かないのか

ある　ある
目からうろこも　希望も　新たな足音も
いっぺんに取り込んだような言葉がある

それは　〝まんざらでもない〟
つくれればいいな　まんざらでもない暮らし
つくれればいいな　まんざらでもない働き方
つくれればいいな　まんざらでもない人生
まんざらでもない社会　つくれそうな気がしてきた

＊リハビリテーション：全人間的復権（上田敏訳）
＊ＱＯＬ：クオリティ・オブ・ライフの略語。個人がどれだけ人間らしい生活や自分らしい生活を送り、人生に幸福を見出しているか、という「生活の質」を尺度として社会の有り方を考える概念。
＊パーソナルアシスタンス：単なる人的な支援、「個人に対する支援」ではなく、利用者のイニシアティブで支援者を選び、信任と継続性を前提とする支援体制。
＊ディーセントワーク：「働きがいのある労働、人間らしい労働」（ＩＬＯ〈国際労働機関〉が１９９９年に提唱。

ごまかし言葉

言葉はごまんとある
どれくらい正しく用いられているのだろう
どれくらい人のためになっているのだろう
人権侵害に加担している言葉もある
「お上(かみ)」の思惑で生み出された言葉もある
公の付く言葉には　これらのことが余計に気になる

【公害】
字義どおり読めば　公がもたらす害となる
公害の圧倒的多くは　企業の排出する汚染物や製造物の欠陥に起因する

公の言葉によって　企業の責任はうやむやにされ　市民の自己防衛に収斂(しゅうれん)していく
「企業害とか会社害」とするのが至当だろう

【公益】
この言葉の誤用が　どれだけ人びとの尊厳と希望をなぎ倒してきたか
ハンセン病の人たちは　公益の二文字の前になす術がなかった
優生保護法の下での強制不妊政策も同じだった
基地問題もそう
公益が人権を蹴散らしてきた時代は一世紀に及ぶ

【公助】
自助や共助との横並びで、語呂合わせよろしく公助が登場した
公助は　公的責任に取って代わっての造語である

自己の努力や責任を強く求め　公の支えは後に控えるという考え方だ
社会保障の分野では　急速な広がりを見せている
この公助　今のところ老舗(しにせ)出版社の大型辞書には見当たらない

【公僕(こうぼく)】
公僕という響きに空々しさを禁じ得ない
市民への奉仕を旨とするというが、そんなことだれも思っていない
どこからみてもお上である　いかんともしがたい距離感を覚える
名実ともに公僕となったとき　この国の風景は変わるに違いない

言葉のゆがみが　社会をゆがめるのか
社会のゆがみが　言葉をゆがめるのか
2つのゆがみが相まって　さらに大きなゆがみへと

もっと言葉に敏感にならなければ
もっと正確に用いなければ
澄んだ言葉遣いは　ごまかしの社会を浄化してくれる

手ごわい

太古の昔　障害のある人はどうしていたのだろう
働かざる者食うべからず　この掟（おきて）は辛（つら）かっただろうな
自己責任は　障害のある人にも容赦なく襲い掛かったに違いない
共同体が誕生して以降
生きづらさは相変わらずでも　社会の成員となっていった

時代が下るにつれ　障害のある人の輪郭がはっきりしてくる
最古の書である古事記にすでに記されている
庶民の心の支えになった七福神は　障害と関係が深く
七柱（ななはしら）は　何らかの障害を抱えていたとされた

民衆と障害のある人の距離感が縮まっていく
江戸期に入ると障害はさらに社会に溶け込む
落語の世界が一役買った
生きづらさを抱える与太郎の嘘も打算もないキャラクターは
八っつぁん　熊さんの世間でらくらく生きられた
町人の暮らしを描いた絵草紙にも　障害のある人が登場してくる

ノーマライゼーションは　前世紀に北欧で生まれた多様性を尊重する造語
八百万(やおよろず)を等(ひと)し並(なみ)に受け入れる日本人の心性にも息づいていた

様相が一変したのは明治期に入ってから
富国強兵や殖産興業は　障害のある人を社会の隅に追いやった

戦争に突入すると　障害のある人は一段と苦しめられる

ナチス・ドイツの蛮行(ばんこう)は極めつけだった
日本でも「穀潰(ごくつぶ)し」「非国民」呼ばわりが大手を振った
戦時中は　戦争遂行の邪魔者扱い
戦後は　復興の邪魔者扱い

今はどうか
バリアフリーやインクルージョンなど　立派な理念が打ち立てられた
段差は減り　エレベーターは増えている
でも一皮めくるとどうだろう
差別や偏見、自己責任論が手ぐすねを引いて待っている
ここにきて　置き去り地帯がジワジワと拡大している
なかなか手ごわい　この国
なかなか手ごわい　この社会

私で最後にして

少し傾いた石造りの解剖台に乗せられた
いきなり鉄製の器具が口にこじ入れられ　金歯が抜かれる
間をおかずに　頭をかち割られ
脳がごっそり抜き取られ　内臓がえぐり取られ
医学研究や医学生のための標本になる
命が消えていたので痛くはなかったが
それでもあんまりだ

第二次世界大戦が始まったのと同時に　ナチス・ドイツは新たな蛮行に手を染めた
障害者を標的とした秘密裏の大量虐殺だ

ドイツ全土にいくつもの障害者専用の殺戮施設を設けた
T4作戦*と名付けられた
内なる戦争とも言われた
犠牲者は　20万人以上に及んだ
対象者の基準ははっきりしていた
〝生産性のない者*〟〝兵隊になれない者〟

補助学校の寄宿舎を出る時はピクニックに行くと言われていた
バスは灰色一色で　ちょっと変だなと思った
でも　友だちと話しているうちにそんなことは忘れてしまった
私たちと同じような障害のある子どもたちが次々と乗り込んでくる
大人の障害者もいた
大型バスはたちまち満員になった

終点は白い大きな建物の前
あたりは木々がうっそうと茂り　人家はなかった

バスを降りるように促され　私も降りた
障害の重い人は　添乗員に抱えられて降りた
最初に脱衣所で服を脱ぎマントを羽織った
医務室で体重と身長が測られ　写真が撮られた
お医者さんが適当に病名をカルテに書き込む
看護師さんが　「シャワー室に行きますよ　マントを取ってください」と
みんな裸になって　地下のシャワー室に急いだ

シャワー室は狭かった
「もっと詰めてください」と声がかかる　もうギュウギュウ詰め

外鍵がガシャンと掛けられた
上方の小窓に　薄笑いを浮かべたさっきのお医者さんが
その瞬間　シューシューとガスが吐き出される
10分もしないうちにみんなの唇が紫色に　私の意識も遠ざかっていく

あれからどれくらい経ったのだろう
私は歴史に向かって尋ねた
「T4作戦の目的は何だったんですか?」
歴史ははっきりと答えた
「戦争遂行の上で障害者は邪魔だった　消したかったのだ」
「なぜ医師が協力したのですか?」
「人体実験を自由にやりたかったからだ」

「T4作戦は『ユダヤ人問題の最終的解決』につながっていたのですか？」

「もちろん」と言ったまま　歴史は口を噤んでしまった

私は命が途絶える直前に　心の中で叫んでいた

〝だまされた〟

〝こんな死に方は　私で最後にして〟

＊T4作戦：ティーフォー作戦。1939年のヒトラーの命令書によってくり広げられた障害者の大量虐殺政策。「価値なき生命の抹殺を容認する作戦」とも言われた。41年に中止命令が出されるが、その後も「T4作戦の野生化」というかたちで継続し、終戦時までの犠牲者は20万人以上に及んだ。

＊生産性のない者：ナチスは、障害者を戦争遂行の上でマイナス要因と考え、社会からの排除を企てた。今の日本でも、この言葉は政治信条として頭をもたげることがある。

私の心が揺さぶられるとき

がむしゃら

一つの目標に精魂を傾けていたあのころ
がむしゃらが　私にぴったりと寄りそっていた

金はなかったが　仲間がいた
自信はなかったが　知恵はあった

語り合った分だけ　先がみえてきた
動いた分だけ　形になっていった

行く先を見据えたがむしゃらは　無謀とは違う
良き仲間がいるがむしゃらは　独善とは違う

がむしゃらは　エネルギーの源
がむしゃらには　夢の種がいっぱい

ふり返ると　目標が目標ではなくなっていた
前の方で生まれたての夢が手を振っている

道は続く　人は続く

つながり

人類社会から　「つながり」をスッポリ抜き取ったらどうなるのだろう
太陽が消えるのといっしょかもしれない

狩猟文化や農耕文明に一大転機をもたらしたのは　人びとのつながり
つながりは　技術　科学　芸術を編み出した

つながりは常に形を変えながら　あらゆる文明の礎になっている
現代社会もつながりの中に浮かんでいる
今も　つながりが生み出しているもの
仲間
安心

生産
希望

つながりにも落とし穴がある
つながっていない人をはじき出してしまう
互いに頼っているうちに　個が失せていく
結束が増すほど　他者が阻害物にみえてくる

心の通わないつながりは　支配と服従を生み出す
つながりを本物にするために
苦手な人や自分の考えとは遠い人に近づく努力を
苦しみを抱えている人を絶えずど真ん中に
直接会うことを厭わず
急かさず　急かされず

平和の灯を太くするのも
環境破壊に立ちはだかるのも
社会のもろさを繕うのも
小さなつながりから
たしかなつながりから

少年時代

半ドン*の午後は格別
明日が休日というそれだけで　全身が勝手にウキウキし出す
学校から帰ると　ランドセルをポーンと家の中へ　すぐさま外へ飛び出す
友だちが待っているから飛び出すのではなく　飛び出してから友だちを探す

生まれる前の大地震*で　墓石(はかいし)は　ことごとく倒れたまま
遊びの手始めは　墓石の間をピョンピョンと
顔を出すトカゲやバッタを捕まえる

遊びの場は草原(くさはら)に
今度は野球　三角ベースが当たり前

グローブを持っていた者はほんのわずか
しばらくすると　誰からともなく「川へ行こう」と

一斉に自転車にまたがり　大きな川まで
川辺で足を滑らせ　新品のズック靴の片方が流れた
遠ざかるのを涙目で見ているしかなかった
何十年たってもこの光景が瞼(まぶた)から離れない

あかね色の空を　カラスの群れが競うように西へ西へ
薄暮(うすぐ)れの向こうから　子を呼ぶ幾重(いくえ)もの母親の声

それを合図に子どもたちはいっせいに散る

薄っすらと浮かぶ母親をストライクゾーンに　思いっきり体をあずける

手をつなぎながら次に出る言葉は決まっていた
「今日のご飯は何?」
この瞬間に思うことはいつも同じ
「うちの母さん世界一」

どの家からも裸電球の灯(あか)りが漏れている
夕餉(ゆうげ)の匂いが漂う
家に着いた頃　辺りは真っ暗
卓袱台(ちゃぶだい)*には茶碗と小皿が並べられていた
晩ごはんが終わると　母親は決まってタンスの上のラジオのスイッチを入れる
幼い妹や弟もいっしょになって　ラジオドラマや流行歌に聞き入った
格別だった土曜日の夜は静かに更けてゆく

あれからどれくらいの歳月が経ったのだろう

「教育ママ*」という新語が登場した
教育ママには掟のような合言葉が
「早く　ちゃんと　きちんと」

「早く　ちゃんと　きちんと」はこの国に何をもたらしたのだろう
遊び惚ける子どもたちのエネルギーを委縮させてしまったのでは
「うちの母さん世界一」のシチュエーションを奪ってしまったのでは

＊半ドン：「半」は「半分」の意味。「ドン」はオランダ語の「ドンタク」で休日。この頃、学校は土曜日の午後が休みだった。
＊大地震：1948年6月28日発生の福井地震。市部直下型の大地震で3769人の死者を出した。戦後の復旧・復興期と重なり、救援政策に遅れを取った。
＊卓袱台：四本脚の食事用座卓。1960年ごろから椅子式のダイニングテーブルに変わっていった。
＊教育ママ：1960年代から用いられていると言われている。

まちの本屋さん

消えてゆく
まちの本屋さんが　また一つ
豆電球の灯(あか)りが力尽きるように

消えてゆく
小ぶりの文化センターが
ひと回りで　物知り気分になった場所が

消えてゆく
たまらないノスタルジアが

月刊誌の発売日を待つじれったさが
消えてゆく

本屋さんで習得した用語が
立ち読み　平積(ひらづ)み　重版出来(じゅうはんしゅったい)！
消えてゆく

帰り道の雨宿りの場所が
背表紙を眺めながら　気にしていたのは雲の流れ
消えてゆく

良書のアドバイスが
小声でも　自信に満ちた店主の勧めに　外れはなかった

消してはならない
廃校や路線廃止を止めるのは容易でないが
せめて　まちの本屋さんぐらい守れないのか　この国の大人よ

間に合うはず

驚くこと
矢継ぎ早に　理不尽な法律が成立している
もっと驚くのは
メディアの反応が恐ろしく鈍くなっていること
もっともっと驚くのは
「意義あり」の声が　市民社会から湧き上がらなくなっていること
一番驚くのは
一人ひとりが疑問を抱かなくなってしまったこと

懐かしいこと
荒れることの多かった国会だったが　争点や議論がわかりやすかったこと

もっと懐かしいのは
体を張ってのメディアの追及が　小気味(こきみ)よかったこと
もっともっと懐かしいのは
市民の自発的な集いやデモ行進が絶えなかったこと
一番懐かしいのは
自分に問題を引き付けながら　仲間と語らっていたこと

悲しいこと
数の力で　法案提出の瞬間に結論が見えていること
もっと悲しいのは
メディアの魂(たましい)と深掘りが失せていること
もっともっと悲しいのは
労働者や学生の正義感が萎(な)えていること
一番悲しいのは

知らず知らずのうちに　体内の無関心の容積が増していること

どうすればいいのか

政治や行政は　もっと異論に謙虚になること
メディアは　もっと言霊(ことだま)の力にこだわること
市民社会は「自分一人ぐらい頑張っても」というあきらめ根性から抜け出すこと
一人ひとりは　もっと小さなできることを探り合うこと
間に合うはずだ　今だったら

領有権放棄

自然の恵みは底知れない
空気
お日様の光
降雨
植物
土壌の微生物
水系
闇夜の星座
これらに通じる特性は
永遠の安定性
分け隔てのない供給

請求書が届くことのない恵み
ふと　素朴な疑問が湧いてくる
土地は　自然物ではないか
いつから　王が　国家が　地主が所有することになったのだ
常に領土（とち）の奪い合い
土に埋まった資源が　戦争の原因になることも
地球環境の破壊も　土地の所有と使い方に突き当たる

土地はだれのものか！
空気や太陽の光などと同じように
国家が領有権を手放してはどうだろう
水掛け論で終わる国際会議より効き目がありそうだ
気候変動の歯止めにも決定打が生まれるに違いない

夢想とみるか　理想とみるか
追及する価値があるはずだ

裏切らない

運動は固そう
そとから眺めると　ゴツゴツしてみえる
ほんとうは違う
弾力のある特製ゴムで満たされている
固そうでやわらかいのが運動

運動は　息をしている
汚れた空気を吸うと　黙っていられなくなる
理不尽なことに遭遇すると　怒りたくなる
威張った人が向かってくると　ひと言言いたくなる
苦しんでいる人を見かけると　たまらなく抱きしめたくなる

運動は何かを変える
他人(ひと)の心を動かす
法律や制度を改める
社会に気づかせることができる
相手方から「そういうあなたは」と問われ　自分も変わる

弾みのある運動は　ぶつかった分だけ豊かな未来を連れてきてくれる
すぐには返ってこない
それでもいつかはきっと
運動は正直
運動は裏切らない

守っていきたい

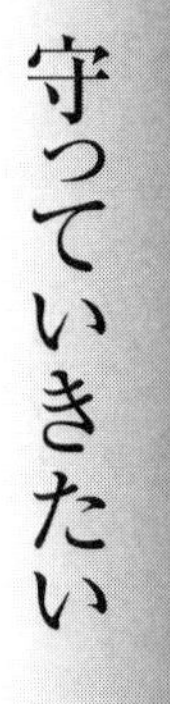

ラジオ体操の不思議

廃(すた)れることのないラジオ体操
何かあるはず　人気の秘密が

良い朝が待っていてくれるからかな
体操広場の朝は格別
生まれたての朝には「おはよう」がよく似合う
生まれたての朝には　小鳥たちの声がよくなじむ
生まれたての朝には　ラジオ体操の歌がよく響きわたる

無限大を味わえるからかな
天空に向かってまっすぐに伸びる手指たち

空気をかき混ぜるような両手と下半身の一体運動
原っぱの空気を全部吸い込むような深呼吸
錯覚だっていいじゃないか　小さな人間の　大きなスケール

達成感が得られるからかな
手ごろな時間がいい　短くもなく長くもなく
全身を動かしているうちに　鼓動のリズムもいい具合に
深呼吸で締めくくる頃には汗がうっすら
やり終えた感は暮らしに小さなメリハリ

体操が終わるのといっしょに　今度はあちこちで、「またあした」
あいさつ交わして　身体を動かして　小さな別れ　明日も明後日もずっと

ついで読み

新聞の発刊部数がいずれの社もがた減り*
辞書の刊行点数・販売部数も激減しているという
とって代わって登場したのがデジタル版
どんどん加速しそうだ

紙の新聞とデジタル版とでは読み方がまるで異なる
紙の新聞は　寄り道しながらお目当ての記事へ
デジタル版の得意技は　ピンポイントでの一発到達
その差は決定的だ

そもそも　新聞読みは紙面全体を視野に入れるところから始まる
無意識のうちに関心事(かんしんじ)の記事を追い求めている
ついで読みの面白さは　数々の記事に出会うこと

辞書の場合はどうだろう
調べたい事項に一発で命中することはまずない
ページを繰りながら何項目かを経て　目的の語句に到着
前後の言葉をついで読みして　思いがけない収穫がある

デジタル版では味わえない　ついで読みの効力
道草の途中で得られる　思わぬ拾得物
先人の寸言に言う「道草の中に本質が」だ

効率一辺倒の読法に警鐘を鳴らしてくれるついで読み
思考様式に幅と深みを増してくれるついで読み

＊日本新聞協会の発表：新聞発行部数は約3084万部。前年の2021年に比べて約218万部、率にして6・6％の減少（2022年10月調べ）。

時の節目

時の節目は不思議だ
年の瀬や新年はその典型かもしれない
地球はいつも通りにたんたんと回っているだけなのに
たった一日で世間の雰囲気も人びとの心持ちも改まる
心持ちが改まるだけでない　行き交う人びとの挨拶も変わる
新たな行動のきっかけにもなるから不思議だ

人生には通過儀礼という節目もある
誕生日　お七夜　名付け
七五三　成人式　結婚式　厄(やく)どし　白寿祝
告別式

人生の出来事という節目もある
入園　卒園　入学　卒業
進学　就職　退職　独立
恋愛　失恋　結婚　離婚
初めての表彰台
大喧嘩や仲直り
家族や友の命日
思いも掛けない災難

時の節目の効用って何だろう？
日常を平板にしないためのおだやかな刺激
あざなえる禍福（かふく）のバランサー
故人と引き合わせてくれる特別の面談室
煩わしいことをご破算にしてくれるリセット装置

再チャレンジのための踏切台

人間にしか与えられていない時の節目
誰にでも感じ取れる時の節目
先人の知恵が息づく時の節目
活かさない手はない

やればわかる

さあ　やり始めよう
決して自信があるわけではないけど
やれば何かを得られるはず
成し遂げればもちろん
失敗すればそれ以上のものが

さあ　語り始めよう
考えをまとめるのは容易ではないけど
嘘がなければ心に届くはず
すらすら語れればもちろん
言葉につまればそれ以上のものが

さあ　描き始めよう
なかなかアイデアが続かないけど
真剣に向き合えば何かが生まれるはず
輪郭が見えてくればもちろん
悶(もだ)えることになれば　それ以上のものが

さあ　つながり始めよう
苦手な人とはたやすくはないけど
打算のない努力は通じるはず
何かをいっしょにやればもちろん
握手をすればそれ以上のものが

さあ　学び始めよう

難しいことは好きではないけど
コツコツの中に新鮮な手ごたえ
知識が厚くなればもちろん
わからないことが見つかればそれ以上のものが

まずは始めること
やればわかる　成功しても失敗しても

くり返し

一枚のレコードを擦り減るまで聴いたという話は　身近にもあった
筋書きも落ちもすべてわかっていながら
ひいきの落語は幾度聴いても面白い
文学　映画　絵画　音楽　演劇　名作の鑑賞はくり返される
古典ともなると　人びとのくり返しはそれこそ天文学的な数になる

結末を知っているものほど　つまらないものはないという
飽きないとすれば　その正体は何か
苦楽の半生や郷愁が重なるからか
慰めや現実逃避が叶うからか
小さな哲学や指南を見出すことができるからか

そう言えば　同じ曲でも感じ方が微妙に違う
心境や体調がそうさせるのか
誰と聴くか　どこで聴くかでも感じ方が異なる
その都度　新たな世界にいざなってくれる

人間は　壮大なくり返しの中に身を置いている
季節のくり返し
朝と夜のくり返し
豊作と不作のくり返し
とんとん拍子と失敗のくり返し
諍(いさか)いと仲直りのくり返し

ふと　螺旋(らせん)階段が思い浮かぶ
上から眺めれば　グルグル同じところをめぐる

横から眺めれば　ジワジワと昇ったり降りたり
グルグルとジワジワの掛け合わせに
「くり返しても飽きない」の正体があるのかも
蓄積と濾過（ろか）の過程を経て　個性が醸成されていく

パフェのいとおしさ

パフェはすごい
まるで芸術作品
デザート界の女王だ
これほど口にする直前まで　ちゅうちょする食べものがあろうか
スプーンの先端が　生クリームに触れた瞬間に崩れが始まる

パフェを崩しながら　列島の今が重なる
おびただしい数の主を失った家屋は　立ったまま朽ち果てる
相次ぐデパートの閉店は　小市民のぜいたく空間を崩す
問答無用の廃線や廃駅は　地域と暮らしを崩す
人手の入らなくなった耕地や山林は　崩れが崩れを呼ぶ

もったいない
懐かしい
いとおしい
寂しい
もう一度

崩れは　形あるものの宿命なのか
崩れた後は何も残らないのか
そんなことはない
喪われたものへの憧憬が
静かに体の底に溜まっていく

何かの拍子に頭をもたげる
頭をもたげなくても　心の養分になっている

崩れへの向き合いは　人間社会に尽くしてくれた数多の営みへの鎮魂
崩れへの畏敬は　再生の源につながるはず
パフェのあとのいつものコーヒー　かくも苦かったか……

おかしな満員電車

満員なのに静寂
聞こえるのはモーターのうなり音と時おりのアナウンス
前のほうから聞こえてきた
「どうぞ」と席を譲る声
あっという間に　車内の空気が和む

ぎゅうぎゅう詰めなのにバラバラな感じ
聞こえるのは車両のきしみと新聞を折り返す音
後ろのほうから聞こえてきた
オギャー　オギャー
その周りに陽だまりができたよう

ホームに滑り込んでも　誰も降りない
奥の方から聞こえるのは「降ります」の必死の声
わずかな隙間が　すぅーっと
「ありがとうございました」の小声が隙間を埋めていく
おかしな満員電車　でも捨てたものではない

魔法の小箱

これほど世界中の人びとから愛されているロングセラーはあるだろうか
これほど暮らしに溶け込んでいる電気仕掛けの製品があるだろうか
これほど小型で操作の簡易な電波製品があるだろうか
これほど平易な情報源はあるだろうか
これほど人びとを緩やかにつないでくれるツールはあるだろうか
魔法の小箱
それはラジオ

テレビやスマホはすごい
技術革新のチャンピオンのようなもの
まだまだ進化するに違いない

それでもラジオは踏ん張っている
根強い人気を保ちながら　独自の路を歩んでいる
テレビやスマホが金ピカとすると
ラジオはいぶし銀といったところか

ラジオが醸し出す雰囲気は独特
威張らないところ
飾らないところ
安定しているところ
押しつけがましくないところ
こちらのペースで付き合えるところ

存在感を例えるとすると
遠い世界の遠慮のいらない友だち

バランスのいい物知り先生
目覚ましにも　入眠剤にも
入院時や運転時の伴走者
懐メロや故人の話に誘われながらのタイムマシーン

果てしない技術革新とは一線を画し
かけがえのないものを守り続ける
100年後も健在であってほしい
翻訳機能が搭載されて
地球規模のリアルタイム放送が実現しているに違いない
魔法の小箱に　国際平和大使の称号が輝いた

気遣いの人工知能

産業革命の頃から　今の姿が運命づけられていたのかも
否　人間の背に翼を描いたギリシア神話の時代から
淡い夢が面白いように手中に落ちてゆく
丸木舟　馬車　そり　自転車　自動車　機関車　大型船
地上から離れて飛行機　ロケット　宇宙船

コンピューターの出現は決定的だった
技術革新と社会の変貌を牽引していく
変貌が変貌を呼び　加速が加速を呼んだ
完全な自動運転も
方言もタメ口も自由自在の翻訳機が生まれるのも目と鼻の先

ふと気づかされる
電卓で　暗算がおっくうになり
キーボードを叩いているうちに　漢字を忘れ
携帯で電話番号が記憶から薄れ
ナビで地図が覚えられなくなる

反省の気配をさえぎるようにして　事態はさらに深みに
文章のひねり出しという最も人間的な営みまで　ＡＩが請け負うことに
守るべき一線を　あっさりと明け渡してしまうのか
漢字や電話番号を覚えにくくなったのとは訳（わけ）が違う

人間社会がつくってきたこの流れ
前のめりに　加速させたものは何だろう
欲望と便利のからみ合い

問題はこの先である

からみ合う欲望と便利の対抗軸は何か
はっきりしていることは真逆の方向を模索することだ
数量では推し量れないもの
金銭では得られないもの
効率一辺倒では見出せないもの

文化　哲学　芸術　宗教
地域　仲間　連携　共感　丁寧　親切

これらをたっぷりと含んだ　気遣いのできる人工知能がつくれないものか

ファンタジーの向こうに

春のなかよし

春は　薫りがいっぱい
風がニコニコしながら薫りを後押し
風と薫りが　ガッチリ握手

ふるえていた木々が　緑の洋服をまとい
葉っぱが光をいっぱい吸いこんで　幹や小枝におすそ分け
木々と若葉が　ぎゅっとハグ

静かだった公園に　子どもたちの弾(はじ)ける声
つられて公園も笑い出す
子どもたちと公園が　パーンとハイタッチ

握手　ハグ　ハイタッチ
今年も戻ってきてくれた
春のなかよしっていいな

仕事の神様

あるとき　仕事の神様に出会いました
働くのが嫌になっていたボクは　思い切って神様に告白しました

「働くのをやめたいんです」
すると　神様はこう言いました
「残念ですが　あなたがそう思うのであれば
明日から働かなくてもよいようにしてあげましょう」
ボクは　思わず「やった！」と叫びました

ところが　ところがです
しばらくすると　お金がなくなりました

友だちと会うことも　めっきり減りました
それだけではありません　自分らしさが薄まっていくのです

ボクは　大急ぎで仕事の神様を探しました
「やっぱり働きたいんです」とお願いしました
神様は　いつものおだやかな口調で言いました
「気付いたんですね　働くことの大切さを」

そして　こうつけ加えました
「くれぐれも無理のないように」

働きもの

身の回りを見回すと　働きものがいっぱい
まるで　働きものに囲まれているよう
姿が見えるものもあれば　見えないものもある
働くものの上に鎮座しているのが人間

ひと時も休憩なしで鼓動する心臓
いつ寝ているかわからなかった母さん
「すぐに向かいますよ」の救急車
黙々と回り続ける地球

働きものは　どこか似ている

さりげない
見返りを求めない
それでいて偉ぶらない

かけがえのないものを伝えてくれる
働きものは　まるで神様だ

胃袋でこんにちは

お米は　どこの田んぼで
ジャガイモや玉ねぎは　どこの畑で
バナナやコーヒーは　どこの国から
まぐろやさばは　どこの海から

とてつもなく　遠い道をたどって
初めて顔を合わせたのは　スーパーマーケット
冷蔵棚では　みんなすまし顔

おいしく調理されて
きれいに盛られて食卓に

パックン　もぐもぐ　ゴックン
するする　ストンと胃袋へ

感じるのも
考えるのも
動くのも
夢をみるのも
原動力は　食べものさんと胃袋さんの「こんにちは」

食べものさんと胃袋さんが口をそろえて
あとは頼みますよ　人間さん
まっとうに生きてください
まっとうに

夢

ある日の明け方のことです
夢たちがぞくぞくと集まってきました
いつもは笑顔の夢たちですが　今日は違っていました
みんな眉間（みけん）にシワを寄せています
「夢がどんどん萎（しぼ）んでいく」
「夢はもう膨らまないのでは」と口々に言い立てます

街では大変なことが起きていました
あっちでも　こっちでも人びとから夢が抜け出しています
「夢はどこに行ってしまったんだ！」
みんな打ちひしがれていました

夢たちは真剣に話し合いました
「なぜ　人びとの心に居づらくなったのか」
「なぜ　萎んだ夢はふたたび膨らまないのか」
だんだんと答えが浮かび上がってきます
ギスギスが増えているせいで熟睡できなくなっているから
そもそも睡眠時間が極端に減っているから

人間への手紙はちょっぴり辛口になりました
元気を取り戻した夢たちは　それぞれのまちを　それぞれの家をめざします
寝静まった窓のすき間からそっと入り込み　人びとの心にすっぽりと収まりました
朝を迎えたまちはガラリと変わっています　淡いオレンジ色が立ち込めた感じです
人びとの心から夢が抜け出すことはなくなりました

豪華客船

名だたる豪華客船には　数百もの客室がある
「この部屋をご自由に装飾を」と言われたらどうだろう
腕利きの内装職人を雇い　重厚な調度品を注文
数日のうちに　艶(あで)やかな船室に生まれ変わる

フワフワの絨毯(じゅうたん)とシックなカーテン
繊細な輝きを放つシャンデリア
静かに流れる音楽とスチーム暖房の音
センターテーブルには高級ワイン

船内をぐるりと見て回り

「わが船室が一番」とほくそ笑む
ほどなくして　氷山と衝突することを誰が予想しただろう
豪華客船は　高級ワインと共に海の底深くに

どんなに　船室を飾り立てても
どんなに　甲板での踊りが上達しても
針路を誤っては元も子もなくなる

社会も　政治も　個々の生き方も
針路にはことさら気を配らなければ

老人と子ぎつね

独りの老人が　遠くを眺め　つぶやいた
光を失ってからどれくらいになるのか
たしか　こっちが山の方角だと思うが
じっと見つめる　目には何も映らない

一息おいて　記憶をたぐる
するとどうだろう
瞼の裏にくっきりと
夏霞（なつがすみ）のたなびく黝葉（くろば）に覆われた山々が出現した*
若かったあの頃　毎日のように目にしていた風景だ
間違いなく目は働いていたはずだ

一体何を見ていたというのだろう！
この艶（あで）やかさが見えていなかったのだ

森から子ぎつねが転がり出てきた
老人を見上げながら
「本当のことは目では見えないんだって」[*]
「心でしかみえないらしいよ」
と母親から教わった話を自慢気に

老人は　なるほど　なるほどとくり返し
目で見るのと　心でみるのとは大違いか
子ぎつねの頭をそっとなでてやった

＊北原白秋は晩年に全盲状態になるが、この頃の短歌の一つに、〈か黝葉（ぐろば）に　しづみて匂ふ　夏霞
若かる我は　見つつ観ざりき〉（短歌集『黒檜（くろひ）』より）がある。
＊サン・テグジュペリの『星の王子様』のシーン、キツネが王子に「本当のことは心でしか見えないんだ」と諭す。

良き時代

ある暑い日の昼下がりだった
知らない路地裏に迷い込んでしまった
奥へ奥へと路地は細くなる
長屋風の住居が続く
どの家も玄関　窓が開けっ放し

柱時計が二つ時を打つ
少し間をおいて　別の家からもボーンボーン
火のついたような赤ちゃんの泣き声

うちわの音がパタパタ

しばらくすると　また静まりかえる

物売りの延ばし声の節回しが　遠く近く
「あっさりー　しじみー」
「なっと　なっとー」
「とうふ　とーふー」
「金魚えー　金魚」
チリンチリンと涼やかな風鈴売り

陽が傾き始めた途端に
人影が動き出す
ひしゃくで打ち水
行水(ぎょうずい)の支度

縁台将棋の準備
蚊取り線香の香り
カラスがねぐらに急ぐ
空はあかね色から濃い紫色へ
長屋の上にはまん丸お月さん
まどろみの中に火の用心の拍子木(ひょうしぎ)が

その時だった
けたたましい着信音で起こされた
良き時代の原風景がスーッと消えていく
戻ることは　叶わないが　せめて夢で残したい

五叉路(ごさろ)の妙

五叉路にさしかかったとき　足が止まる

迷いそうになるからではない
十字路にない感覚を味わいたいから

四方に加えて　もうひとつの道を延ばしているのが五叉路
東西南北の方向をお定まりとすると
もうひとつの道は　はぐれ道か、それともちょっとしたお宝通りか

東西南北に延びる道には　安心感が漂う
それは　慣れがもたらすものか

慣れの安心感は本物か

ふり返ってみれば　ひたすら慣れた路を歩んできた
いつしか　思考様式までが十字路仕様になってはいないか
行く手は東西南北しかないと思い込むようになってはいないか

五叉路で立ち止まるのもいい
十字路で、見えないもう一つの路を思い浮かべるのもいい
少々不安でも　ときどきはお定まりでない道に踏み込むのもいい

子どものみなさんへ

涙っていいな

あかいろ涙　ポトリとおちる
くやしさあつめて　ポトリとおちる
ポトリのあとは　さわやかいっぱい
もう平気だよ　涙っていいな

あおいろ涙　ポトリとおちる
かなしさあつめて　ポトリとおちる
ポトリのあとは　ちょっぴり勇気
さあ顔をあげて　涙っていいな

きいろの涙　ポトリとおちる

うれしさあつめて　ポトリとおちる
ポトリのあとは　みんなに元気
イエーイ　明日もきっと　涙っていいな

ようふくさんありがとう

遠足の日は　あたらしいようふく
きれいな色に　きもちもウキウキ
たくさんの汗を吸いとってくれる
からだはさわやか　疲れはどこかに
ようふくさん　ありがとう

雨ふりの日は　ぬれないようにと
それでも雨は　まえからよこから
傘といっしょになって　守ってくれた
そのうちびっしょり　いっしょに笑ったね
ようふくさん　ありがとう

ようふく着たまま　眠ってしまった
パジャマに着替えず　眠ってしまった
いっしょにみたね　たのしい夢を
ないしょのお話　ずっとおぼえてるよ
ようふくさん　ありがとう

今ごろどこかな　よその国かな
きっとだれかが　着ていてくれる
大きめだけど　似合っているじゃないか
世界をつないでくれるようふくさん
ようふくさん　ありがとう

お水

お水をゴックンゴックン
どうしてこんなに　おいしいのかな
汗をかいたぶん　体にしみこむ
味がないのに　一番おいしい

お水をジャージャー
小さな蛇口　たくさん出てくる
お顔もおてても　体もきれいに
洗濯機ぐるぐる　ようふくもきれいに

お水がポツリポツリ

お空にお水が　たくさんたまって
雨つぶになって　みんなの頭に
お花はニコニコ　かえるはケロケロ

お水がピカピカ
お水が集まって　どんどん海へ
きれいな海に　きれいなお魚
透き通ったお水　これからも輝いて

いろいろおめめ

赤いおめめの　うさぎさん
見るもの見るもの　みんなまっかっか
お空はいつも　夕焼け小焼け
ごはんはいつも　ふっくらお赤飯

金色おめめの　おさかなさん
見るもの見るもの　金色キラキラ
お金はみんな　金色メダル
横断歩道は　金色しましま

水色おめめの　ことりさん

見るもの見るもの　すんだ水色
雪の日お庭　フワフワ水色
どんよりお空も　すっきりブルー

母さんのにおい

母さんのにおい　大好きなにおい　うれしいにおい
シャボンのにおい　エプロンのにおい　笑顔のにおい

母さんのおめめ　やさしいおめめ　いっつもこっちを
ときどき三角　ときどき涙を　ときどき遠くを

母さんのおてて　やわらかおてて　できたてパンのよう
なんでもつくる　すばやくつくる　ギュッと力も

父さんのせなか

大きな大きなせなか　それは父さんのせなか
壁のような大きなせなか　いつもおんぶしてもらってた

父さんの大きなせなか　いつも話しかけてくる
壁のような大きなせなか　勇気をわけてくれる

父さんとしをとったかな　それでもせすじはピンとして
壁のような大きなせなか　小さくなってもやっぱり大きいせなか

山のむこうに

山のむこうになにがある　山にのぼれば見えるかな
遠くに　希望の泉
遠く遠くに　しあわせの森
もっと遠くに　ステキな仲間

海のむこうになにがある　空にあがれば見えるかな
遠くに　まっしろ小島
遠く遠くに　サンゴのお城
もっと遠くに　やさしい国が

夢のむこうになにがある　早くねむれば見えるかな

遠くに　お菓子のお家
遠く遠くに　虹色のまち
もっと遠くで　世界の友だちと握手

夢ビュンビュン

ルンルン　ルンルン　夢をみる
日本の果（は）てまで　ビュンと飛ぶ
ギラギラ太陽　真っ青お空
イルカも魚も　すいすいジャンプ

ワクワク　ワクワク　夢をみる
地球の果（は）てまで　ビュンと飛ぶ
にっこりオーロラ　真っ白氷山
なかよしペンギン　キョロキョロ行進

でっかい　でっかい　夢をみる

宇宙の果てまで　ビュンと飛ぶ
プカプカお星　真っ暗お空
ビー玉地球　まんまる虹色

友だちあしたも

どうしたら　友だちできるかな
だいじょうぶ　だいじょうぶ
お歌をいっしょに　大きなこえで
ダンスをみんなで　フリフリクルクル
みんな友だち　たちまち友だち

どうしたら　なかなおりできるかな
だいじょうぶ　だいじょうぶ
ゆかいな絵本をいっしょにながめながら
勇気をだして　さっきはごめんねと
みんな友だち　すぐになかなおり

どうしたら　あしたもたのしいかな
だいじょうぶ　だいじょうぶ
みんなのえがおを心にうかべて
たのしいゆめを　たくさんみようよ
みんな友だち　早くあしたに

四つのあいさつ

おはよう
きょうも元気に　東の空から
ほらほらもうすぐ　ほらほらあがる
ぐるりとながめて　みんなを照らす
いつだってやさしい　お日さまありがとう

こんにちは
すっきり気分は　お空がくれたもの
どこまでも澄んでる　どこまでもつづいてる
花も小鳥も　みどりの風も
みんなをつつむ　青空さんありがとう

こんばんは
お顔がまっ赤に　夕焼け小焼け
だんだん暗く　だんだんさみしく
お屋根の上に　ぽっかり浮かぶ
ほほえみみんなに　お月さまありがとう

おやすみ
夜空にいっぱい　お星のかがやき
ぴかぴか踊って　ぴかぴかおしゃべり
今日もおしまい　いい夢たくさん
みんなすやすや　お星さまありがとう

おしまいに

この詩集を編んでいる間も、世界の暴力と迷走はやみません。長引くウクライナの戦況を案じていたところ、今度はパレスチナ／イスラエルで戦火が上がってしまいました。ガザ地区の幼子の泣き声と障害のある人の怯えた「涙」はいたたまれません。画面から漏れてくる爆弾の炸(さく)裂音(れつおん)や火薬臭ももうたくさんです。

さて、ここにこもごもを織り込んでの詩集が出来上がりました。正直に言うと、詩集を編んだという感覚はありません。「詩さがしの旅」を楽しんだというのが実感です。予めの行程や日取りを決めることなく、自由で奔放な旅でした。昔の旅になぞらえれば、一編一編が一里塚を通過するようなもので、うまくまとまらないときなどは宿場での逗留といったところではなかったでしょうか。

それにしても、人間の頭脳と心には脱帽です。時間と空間を難なく越え、驚くほどバラエティーに富んだ世界に遭遇させてくれました。とくに愉快だったのは、子ども村にいざなってもらったことです。あっという間に心の不純物が浄化された感じでした。

『心の中から希望が切り離されないように』は、この詩集の最初に掲げた「連帯と祈り」の中の一節です。「連帯と祈り」の中心フレーズの一つであるのと同時に、本詩集全体からのメッセージです。併せて東日本大震災とこれに続く原発事故、能登半島地震などで被災されたみなさんにも通じるかと思います。

私の詩さがしの旅はこれで終わりになります。旅先で手にしたお土産をみなさんにもおすそ分けといきたいと思います。しばらくは本棚の隅っこにでも置いてもらい、ときどき読み返していただければ、望外の喜びです。

最後になりますが、ひと言お礼を述べます。まずは、これまで出会いつながった一人ひとりの方に感謝します。大半の詩は、出会いとつながりに原点があるように思います。校正段階で、協力いただいたのが片山義子さん、斎藤なを子さん、荒木薫さんです。そして、初の詩集づくりに伴走してくれたのが、合同出版代表の上野良治さんでした。編集の域を超えて、幅広く的確なアドバイスをいただきました。同じく、中川理香子さんにも編集作業の最終盤で助けられました。

ＮＰＯ法人日本障害者協議会やきょうされんのみなさん、そして家族の声援にも感謝します。

藤井克徳

【著者】
藤井克徳（ふじい・かつのり）

1949 年　福井県生まれ

◆いま
NPO 法人日本障害者協議会代表、日本障害フォーラム（JDF）副代表、
きょうされん（旧称は共同作業所全国連絡会）専務理事

◆ほめられたこと
・2012年　国連・ＥＳＣＡＰチャンピオン賞受賞（障害者の権利擁護関連）。
・2022年　日本放送協会放送文化賞受賞

◆おすすめします
『えほん障害者権利条約』（共著　汐文社 2015）
『わたしで最後にして―ナチスの障害者虐殺と優生思想』（合同出版 2018）
岩波ジュニア新書『障害者とともに働く』（共著　岩波書店 2020）
JD ブックレット 5 『障害のある人の分岐点』（やどかり出版 2021）ほか

【イラストを寄せてくれた子どもたち】

秋田大晴
秋田野晴
上野あき
上野まり
太田晴之
太田和花
鈴木　千

装幀　守谷義明＋六月舎
装画　イラク、シリア、ウクライナの子どもたち（協力　JIM-NET、日本チェルノブイリ基金）
本文組版　大村晶子（合同出版制作室）

心の中から希望が切り離されないように
藤井克徳詩集

発行日　2024年4月8日　第1刷発行

著　者　藤井克徳
発行者　坂上美樹
発行所　合同出版株式会社
東京都小金井市関野町 1-6-10
郵便番号　184-0001
電話　042-401-2930
振替　00180-9-65422
ホームページ　https://www.godo-shuppan.co.jp/

印刷・製本　株式会社シナノ

■刊行図書リストを無料送呈いたします。
■落丁乱丁の際はお取り換えいたします。

ISBN978-4-7726-1554-9　NDC911　188 × 130